मिशन कच्छ : 1972

चेप्टर 2

विवेक कुमार पांडे शंभुनाथ

Copyright © Mr Vivek Kumar Pandey
All Rights Reserved.

मिशन कच्छ 1972 लिखने के दौरान [बिहाइंड द स्टोरी]

इस किताब को लिखने के दौरान मुझे बहुत ही प्रोब्लम हो रहा था । लेकिन आप सभी का और मेरे पिताजी का आशीर्वाद रहा मैंने इस किताब को लिख दिया । आप ने पढ़ा होगा तो ख्याल आया ही होगा । इतने सारे केरेक्टर और करीब 80 से ज्यादा पेज कि यह एक कहानी मिशन कच्छ : 1972 चेप्टर 1 और चेप्टर 2 । मुझे भी इतिहास के पन्ने पढ़ने पड गए । अगर आप इस किताब को पढ़ेंगे तो आपको बहुत फायदा होगा, इतिहास जानने को मिलेगा और नोलेज बढ़ेगा । ये किताब बच्चे और बुढ़े ,नव जवान पढ सकते हैं । आप भी तो जान ले आखिर क्या हुआ था 1972 में । कहानी पढ के आप भी दंग रह जाएंगे । मैं जानता हूं आज कल के लोग पढ़ने में इतना लगाव नहीं रखते है । लेकिन याद रखे किताब पढ़ने से ही ज्ञान होगा । पुस्तकं ज्ञान ददामि संस्कृत में यह कहावत है। एक बार पढ के जरूर बताइएगा बहुत ही जबरदस्त कहानी है ।

~ विवेक कुमार पांडे शंभुनाथ

क्रम-सूची

प्रस्तावना

इस किताब में मिशन कच्छ : 1972 चेप्टर 2 कि स्टोरी है. क्या नुसरत भुट्टो अपने पति का बदला लेंगे या नहीं , इंदिरा गांधी फिर से भारत को जोड पाएंगी या नहीं . इस किताब को लिखने के दौरान कोई भी धर्म या जाति एवम् किसी भी परिवार के सदस्य को नुक्सान नहीं पहुंचाया गया है. इस किताब को लिखा हैं विवेक कुमार पांडे जी ने .।

भूमिका

मेरा नाम विवेक कुमार पांडे है और मैं एक लेखक हु , में गुजरात के सुरत में निवास करता हूं.मेरा जन्म ३० सेप्टेंबर २००२ में हुआ था, और मुझे बचपन से एक्टर बनने का सोख रहा है और अभी भी है.। में कभी ये नहीं सोचता की लोग क्या कर रहे हैं में ये सोचता हूं कि में क्या कर रहा हूं, में आज सफल हूं तो अपने पापा की वजह से आज वो रहते तो उन्हें बहुत खुशी होती , वो सदा और हमेशा मेरे साथ रहेंगे.। मेरे रियल लाइफ के सुपरस्टार और सुपर हीरो मेरे प्यारे पापा है । आई लव यू पापा । पापा को मेरे हाथ कि चाय बहुत अच्छी लगती थी ।

जब उनका मन करता था चाय पीने के लिए तो वो कहते थे । मुझे चाय पीना है कौन बनाएगा मम्मी कहती में बना देती हूं लेकिन पापा कहते नहीं मेरा बेटा बनाएंगा । उसके हाथ कि चाय मुझे बहुत अच्छा लगता है । जब भी काम करके घर आने वाले होते हैं तब मुझे फोन करते है विवेक बेटा बोलो क्या खाओगे सेब ले लु । में कहता ठीक है पापा ले लिजिए । पापा कहते कितना लू एक किलो या 2 किलो । में कहता नहीं पापा सिर्फ में ही खाता हूं भईया और दीदी को फल अच्छा ही नहीं लगता है इसलिए 3 सेब ले लेना । लेकिन पापा मेरे लिए दो तीन किलो फल लेकर आ ही जाते थे । पहले ले लेते फिर मुझे फोन करते । हमेशा ऐसा ही करते थे ।

में ये नहीं कह रहा हूं कि मुझे बहुत ज्यादा प्यार और मानते थे । वो अपने तीनों संतानों को प्यार करते थे । सबसे छोटा तो में ही था घर में , मुझसे बड़ी मेरी बहन और मेरी बहन से भी बडे मेरे भईया । में आज भी वो दिन का इंतजार कर रहा हूं जब पापा मेरे लिए कुछ लेकर आएंगे । मेरे कान तरस रहे है वो आवाज़ सुनने के लिए । लेकिन कहते हैं जो चीज चली जाए वो कभी लौटकर नहीं आती है । आप सभी से निवेदन है आप अपने मम्मी और पापा का ध्यान रखें । दुनिया में एक ही भगवान है वो है माता ओर पिता ।

1

मिशन कच्छ : 1972 चेप्टर 2

मिशन कच्छ : 1972 चेप्टर 2

पात्र :

सचिन वर्मा (सैनिक)

मेजर गमित सिंह

मेजर ध्यानचंद

हरिचंद दीवान (एयर मार्शल)

कर्नल भार्गव

लेफ्टिनेंट कर्नल विवेक कुमार पांडे (लेखक)

वीर अर्जुन (सैनिक)

इंदिरा गांधी (प्रधानमंत्री)

घनश्याम ओझा (मुख्यमंत्री)

जुल्फ़िक़ार अली भुट्टो (पाकिस्तान का प्रधानमंत्री)

शाहाजत खान

नुसरत भुट्टो (जुल्फ़िक़ार अली भुट्टो कि पत्नी)

बेनज़ीर भुट्टो (जुल्फ़िक़ार अली भुट्टो कि बेटी)

बेगम अख्तर

उम्मीद करता हूं आप सभी बहुत खुश होंगे और स्वस्थ्य होंगे । तो आप सभी ने मिशन कच्छ 1972 पढ़ लिया होगा । वह चेप्टर 1 था । और इस किताब में मिशन कच्छ 1972 चेप्टर 2 है । बहुत मज़े के साथ पढ़िएगा । और हां आप सभी ने मेरी किताब मिशन कच्छ को बहुत सारा प्यार दिया , उसके लिए बहुत धन्यवाद आप सभी का । मिशन कच्छ 1972 पुरे वर्ल्ड वाइड पब्लिस हुआ था । जब कि न्युजीलैंड और अमेरिका , चीन , जापान , कोरीया एवम् पाकिस्तान में बहुत बिक्री हुआ और सबसे ज्यादा भारत में यह कहानी ने तबाही मचा दि हर दिन करीब 25+ से ज्यादा बिका मिशन कच्छ । तो चलिए चालू करते हैं आगे की कहानी ।

जुल्फिक़ार अली भुट्टो कि पत्नी नुसरत भुट्टो बहुत ही पढ़ी लिखी थी । उसके घर में उसके बेटे और बेटियां भी पढ़ें लिखें थे । जुल्फिक़ार अली भुट्टो के मरने के बाद क्या हुआ । पाकिस्तान में तो खुशी कि लहर उठ पड़ी । लेकिन जुल्फिक़ार अली भुट्टो के परिवार वालों का क्या होगा । क्या वह अपना दर्द किसे बंया करेंगे । जुल्फिक़ार अली भुट्टो कि पत्नी नुसरत भुट्टो बहुत ही बेबस होकर एक जगह बैठी रो रही थी , और अपने संतानों को समझा रही थी ।

नुसरत भुट्टो : (रो - रो कर) किसने मारा मेरे पति को , क्या बिगाड़ा था उन्होंने भारत वालो का ।

(जुल्फिक़ार अली भुट्टो भले ही प्रधानमंत्री था पर उसकी कारनामे उसके घर वाले नहीं जानते थे ।)

बेनजीर भुट्टो : अम्मी अब्बू आएंगे ना वापस अपने घर , अब्बू कहां गए हैं ।

नुसरत भुट्टो : बेटी जल्दी ही तुम्हारे अब्बू आएंगे ।

बेनजीर भुट्टो : नहीं अम्मी तुम झुठ बोल रही हो । अब्बू अब नहीं आ सकते हैं वो अल्लाह को प्यारे हो गए हैं । अब अब्बू कभी भी नहीं आ पाएंगे ।

नुसरत भुट्टो : चुप हो जाओ बेटी । शायद अल्लाह का बुलावा था , तुम्हारे अब्बू का ।

बेनजीर भुट्टो : अम्मी आपको क्या लगता है । अब्बू को क्यों और किसने मारा है ।

नुसरत भुट्टो : मुझे नहीं पता है । लेकिन जिसने भी मारा हो बदला तो जरूर लूंगी ।

(यहां पाकिस्तान के न्यूज़ चैनल पर लाइव प्रसारण हो रहा था । रिपोर्ट घर - घर जाकर सभी से पुछ रहे थे ।)

रिपोर्ट : अब कौन बनेगा पाकिस्तान का प्रधानमंत्री ।

स्थानीय निवासी : मेरे ख्याल से चांद नवाब को पाकिस्तान का प्रधानमंत्री बनना चाहिए ।

रिपोर्ट : ऐसी क्या खास बात है , जो आप चांद नवाब को पाकिस्तान का प्रधानमंत्री बनाना चाहते हैं ।

स्थानीय निवासी : खास बात तो नहीं है , पर मुझे उनका व्यवहार और चरित्र ठीक लगता है ।

रिपोर्ट : अगला सवाल । क्या आप खुश हैं या फिर दुःखी ।

स्थानीय निवासी : मेरे ख्याल से मैं नहीं पुरा पाकिस्तान खुश होगा । उस अली भुट्टो से छुटकारा मिला हम सभी को ।

रिपोर्ट : क्या पाकिस्तान बीना प्रधानमंत्री के अपने देश को आगे बढा सकता है या नहीं ।

स्थानीय निवासी : पाकिस्तान अब आगे बढ़ेगा , कई समय तक सिर्फ - और सिर्फ बर्बाद ही हुआ है पाकिस्तान ।

रिपोर्ट : आखिर एक सवाल सभी के मन में घुम रहा होगा । कौन बनेगा प्रधानमंत्री । अली भुट्टो का अकस्मात मौत कैसे हुआ. । चुनाव में कुछ ही महिना बाकी है, कौन बनेगा पाकिस्तान का प्रधानमंत्री .।

(बेनजीर भुट्टो अपनी अम्मी से कहती हैं .)

बेनजीर भुट्टो : मां आप देख रही हो , अब्बू के बारे में लोग क्या सोचते हैं .।

नुसरत भुट्टो : हां देख रही हुं । वैसे बेटा तुम खाना तो बना लोगी ना ।

बेनजीर भुट्टो : हां मां बना लुंगी । लेकिन इससे इस बात का क्या मतलब है । आप ऐसा क्यों बोल रहे हो अम्मी ।

नुसरत भुट्टो : में ऐसा इसलिए बोल रही हुं , ताकि तु अपने छोटे भाई का ध्यान रखना और मैं ?

बेनजीर भुट्टो : अम्मी आप कहां जाओगे ?

नुसरत भुट्टो : तेरे अब्बू का बदला लेने । में चुनाव लड़ुंगी , में आज मीडिया के सामने अनाउंस कर दुंगी ।

बेनजीर भुट्टो : लेकिन अम्मी आपको कोई वोट नहीं देगा , क्योंकि आप देख रहे हो कितना अप शब्द कह रहे हैं अब्बू के बारे में ।

नुसरत भुट्टो : कहते हैं जब सीधी उंगली से घी नहीं निकलता है तब उंगली टेढ़ी करनी पड़ती है । तु सिर्फ अपना और अपने भाईयों का ध्यान रखना.।

बेनजीर भुट्टो : ठीक है अम्मी ।

नुसरत भुट्टो : बेटा एक करो पहले भारत के प्रधानमंत्री को फोन करो ।

बेनजीर भुट्टो : जी अम्मी ।

(बेनजीर भुट्टो ने इंदिरा गांधी को फ़ोन लगाया और अपनी अम्मी को फोन उनके हाथ में दे दिया)

नुसरत भुट्टो : नमस्ते में अली भुट्टो कि पत्नी बोल रही हुं ।

इंदिरा गांधी : हां बोलिए ।

नुसरत भुट्टो : क्या बिगाड़ा था मेरे पति ने आपका .

इंदिरा गांधी : देखो मैं समझ सकती हुं , तुम्हारा दर्द लेकिन वह एक बहुत बड़ा क्रिमिनल था ।

नुसरत भुट्टो : कोई बात वो सब छोड़िए , कम से कम उनकी सब तो दे दो ताकि अंतिम संस्कार कर सके ।

इंदिरा गांधी : हमने कब का सब भेज दिया है , 5 या 10 मिनट बाद तुम्हें मिल जाएगा । हमारा पायलट लेकर पहुंचता ही होगा ।

नुसरत भुट्टो : आपका बहुत बहुत धन्यवाद (रोकर)

(करीब 15 मिनट बाद अली भुट्टो का सब उनके घर पहुंच जाता है । पत्नी से उनका हाल नहीं देखा गया , खुब चिल्ला - चिल्ला कर रो रही थी । उनके घर के बाहर मिडिया वालो कि लाइन लगी थी । तभी नुसरत भुट्टो अपनी बेटी से कहती है .।)

नुसरत भुट्टो : बेटा जाओ सिक्योरिटी गार्ड से कह दो गेट खोल दे , आने दे सभी को ।

बेनजीर भुट्टो : लेकिन क्यों अम्मी , मैं नहीं चाहतीं हुं उनको बुलाना ।

नुसरत भुट्टो : (गुस्से से) जितना कहा जाए उतना ही करो उससे ज्यादा नहीं , जाओ कहकर आओ ।

बेनजीर भुट्टो : ठीक है अम्मी ।

(बेनजीर भुट्टो सिक्योरिटी गार्ड को कहती है ।)

बेनजीर भुट्टो : चाचा गेट खोल दो .।

सिक्योरिटी गार्ड : लेकिन क्यों ।

बेनजीर भुट्टो : अम्मी ने कहा है , जल्दी से खोल दो दरवाजा .।

सिक्योरिटी गार्ड : ठीक है ।

(सिक्योरिटी गार्ड ने गेट खोल दिया , सभी मीडिया वाले घर के अंदर गए)

(मीडिया वालों ने सवालो का पहाड़ खड़ा कर दिया नुसरत भुट्टो के सामने .)

नुसरत भुट्टो : माफ करिएगा में आप सभी को जवाब नहीं दे सकती हुं , लेकिन हां एक अनाउंसमेंट है सभी पाकिस्तानीयो के लिए .।

रिपोर्ट : मेम क्या है , वो अनाउंसमेंट हमे भी बताइए ताकि पुरा पाकिस्तान क्या पुरा दुनिया ही सुन ले .।

नुसरत भुट्टो : चुनाव में लड़ुंगीं और उस में जीत हासिल करुंगी .।

रिपोर्ट : लेकिन आप यह बात पुरे दावा के साथ कैसे कह सकती है ,कि आप प्रधानमंत्री कि चुनाव लड़ेंगी और जीत हासिल करेंगी .।

नुसरत भुट्टो : में आप सभी से कुछ कहना चाहती हुं । जिसको चलना आता है तो उसे दौड़ना नहीं आता होगा.।

रिपोर्ट : लेकिन मैम आपके पति का सब भारत कैसे पहुंचा .।

नुसरत भुट्टो : देखिए में कुछ नहीं जानती हुं , मेरे ख्याल से आप लोगों का काम यहीं है , कि मैं शांति से ना बैठु एक बार कह दिया कि मैं नहीं जानती हुं कि वो भारत कैसे गए और कब गए . बस इतना जानती हुं ये यहां से जिंदा गए थे और भारत से मुर्दा लौट कर आए हैं .।

रिपोर्ट : लेकिन मैम बाकी सवालों का जवाब तो दीजिए .।

नुसरत भुट्टो : लेकिन - वेकिन कुछ नहीं , निकल जाओ आप सभी मेरे घर से वरना मजबुरन हमें सिक्योरिटी गार्ड को बुलाना पड़ेगा .।

(नुसरत भुट्टो के कहने पर मीडिया वाले चले जाते हैं .। पिण्ड के पास बैठे नुसरत भुट्टो और उनकी बेटी .। पिण्ड का मतलब होता मरा हुआ शरीर .)

बेनजीर भुट्टो : अम्मी आप क्या सोच रहे हो , मुझे तो कुछ समझ नहीं आ रहा है .।

नुसरत भुट्टो : समझने कि जरूरत नहीं है तुम्हें बेटा . खुन के बदले खुन ही लेना है मुझे .।

बेनजीर भुट्टो : अम्मी हम अब्बू का अंतिम संस्कार क्यों करेंगे , हमारा तो रिवाज है ना माटी में शरीर को दफनाया जाता है .।

नुसरत भुट्टो : मुझे पता है , तुम मुझे मत सिखाओ .।

बेनजीर भुट्टो : जब देखो तब आप मुझे डांटते ही रहते हो , सही बोलती हुं तभी और ना बोलु तभी . मुझे अब कुछ बोलना ही नहीं है .।

(नुसरत भुट्टो अपने पति अली भुट्टो का अंतिम संस्कार , संपूर्ण विधि करके अपने घर आ जाती है .)

नुसरत भुट्टो : मैंने कभी सोचा नहीं था , कि हमें ऐसे दिन दिखाने वाला है ये अल्लाह ।

बेनजीर भुट्टो : अम्मी जान काल को कोई भी नहीं रोक सकता है ।

नुसरत भुट्टो : अच्छा एक बात बताओ बेटा तुमने अपनी कोलेज कि फीस भर दिया है या बाकी है ।

बेनजीर भुट्टो : अम्मी मैंने फीस तीन दिन पहले ही भर दिया था . आप चिंता मत करिए बस अपना ध्यान रखिए।

नुसरत भुट्टो : तुम्हें क्या लगता है कि मैं प्रधानमंत्री बन सकती हुं या नहीं ।

बेनजीर भुट्टो : हां अम्मी आप प्रधानमंत्री बन सकते हो ।

(मां और बेटी बातें करते - करते सो गए . गुजरात के बोर्डर पर कर रहे निगरानी कर्नल भार्गव और मिशन कच्छ में शामिल सभी लोग एक जगह बैठे बातें कर रहे थे .)

कर्नल भार्गव : हमारा मिशन तो कामयाब रहा , मगर में अभी तक यही सोच रहा हूं । कोई ओर उसके जैसा बच तो नहीं गया है ना ।

वीर अर्जुन : बच गया तो हम है ना देख लेंगे ।

सचिन वर्मा : सर अगर जींदा भी होगा तो हम अब कुछ नहीं कर सकते हैं ।

मेजर गमित सिंह : हां हम थोड़ी बार बार पाकिस्तान जाएंगे ।

मेजर ध्यानचंद : सवाल यहां ये है कि पाकिस्तान सरकार प्रधानमंत्री बनाएगा या फिर जैसा चल रहा है वैसे चलने देगा ।

कर्नल भार्गव : पाकिस्तान सरकार जरूर प्रधानमंत्री बनाएंगे नहीं तो फिर कुछ होने वाला नहीं है ।

सचिन वर्मा : लेकिन हमने मिशन को अच्छे से अंजाम दिया कुछ भी गड़बड़ नहीं किया है ।

लेफ्टिनेंट कर्नल विवेक कुमार पांडे : सर हमने सिर्फ एक अली भुट्टो को मारा है और उसके जैसे होंगे जरूर हमने उसके आदमीयों को मारा ही कहां है । अगर फिर कल जो प्रधानमंत्री बना वो भी उसके साथ जुड़ जाएगा । हमसे यही सबसे बड़ी गलती हुई है ।

कर्नल भार्गव : उनका भी बंदोबस्त कर देंगे ।

मेजर ध्यानचंद : मुझे सिर्फ आज ही आदेश मिल जाए तो पूरा पाकिस्तान को खत्म करके आ जाऊंगा ।

कर्नल भार्गव : अपने को कोई भी काम जल्दबाजी में नहीं करना है ।

मेजर गमित सिंह : सर पहले हमें गांव वालों के लिए कुछ करना चाहिए। उनका घर पूरी तरह से टूट चुका है । उनके लिए नया घर बनाकर देना चाहिए ।

कर्नल भार्गव : गांव में उसी दिन से काम चालू है बस दो-तीन दिन में तैयार हो जाएगा और फिर वह रह सकते हैं । सबसे कठिन समस्या तो यह है जंगली जानवर घुस जाते हैं गांव में उनके लिए कुछ करना पड़ेगा वरना पुरे गांव के लोगों को समस्या होगा ।

लेफ्टिनेंट कर्नल विवेक कुमार पांडे : सर हमें गांव के चारों तरफ स्टील का गेट लगा देना चाहिए और उसे पैक कर देना चाहिए ।

कर्नल भार्गव : ठीक है वह काम तो हो जाएगा लेकिन सबसे मेन और सबसे जरूरी काम यह है कि हमें रडार को एक्टिवेट करके गांव के चारों तरफ लगवा देना चाहिए ।

मेजर ध्यानचंद : सर हमें यह काम आज ही करना पड़ेगा नहीं तो कल क्या पता अगर वह फिर कोई और हमला करें तो ।

कर्नल भार्गव : उसके लिए पहले हमें अपने प्रधानमंत्री से बात करना पड़ेगा । वह हमें जैसा बजट देंगे हम ऐसा ही काम करेंगे ।

सचिन वर्मा : सर पहले आप एक काम करिए लिस्ट बना लीजिए कि हमें क्या-क्या चाहिए ,क्या काम करना है और कितना बजट हो रहा है ।

कर्नल भार्गव : पहला काम गांव के चारों तरफ गेट लगवाना है और दुसरा काम रडार को एक्टिव करना है और चारों दिशाओं में लगा देना और रडार की फ्रीक्वेंसी डबल कर देनी है । ताकि दुश्मन 30 किलोमीटर दूर रहे तो हमें पता लग जाएगा । कुछ बजट 4 या 5 करोड़ लगेगा ।

वीर अर्जुन : सर इसके बारे में हम पहले अपने मुख्यमंत्री घनश्याम ओझा से भी बात करेंगे और प्रधानमंत्री के सामने भी अपनी बात रखेंगे ।

मेजर गमित सिंह : सर मैं आप सभी को एक बात बताना भूल ही गया । मैं कितनी देर से अपना फोन ढूंढ रहा था लेकिन जब नहीं मिला तब मुझे याद आया मेरा फोन उस अली भुट्टो के ऑफिस में छूट गया है ।

कर्नल भार्गव : एक काम करो मेरा फोन लो और उस पर फोन करो अगर कोई आसपास में होगा तो फोन उठाएगा जरूर ।

मेजर गमित सिंह : सर लेकिन फोन तो स्विच ऑफ बता रहा है फोन करने से कोई फायदा नहीं है ।

कर्नल भार्गव : तो फिर तो कुछ नहीं हो सकता अब नया मोबाइल ले लो ।

मेजर गमित सिंह : अब वही करना पड़ेगा ।

कर्नल भार्गव : मुझे लगता है हमें खुद प्रधानमंत्री से मिलना चाहिए और यहां पर बॉर्डर की सुरक्षा तो बॉर्डर सिक्योरिटी फोर्स कर ही रही है ।

मेजर गमित सिंह : लेकिन हमें तो दिल्ली जाना पड़ेगा ना सर मिलने के लिए ।

कर्नल भार्गव : तो तुम क्या चाहते हो वह तुमसे खुद मिलने के लिए आए ।

मेजर गमित सिंह : अगर आ जाते तो ठीक रहता उनके पास पर्सनल फाइटर जेट भी तो है खामखा हम परेशान भी नहीं होते ।

कर्नल भार्गव : तो तुम्हारे पास फाइटर जेट नहीं है और वह प्रधानमंत्री है तुम प्रधानमंत्री नहीं कि वह तुमसे मिलने आएंगे उनको भी बहुत सारा काम का बोझ रहता है ।

सचिन वर्मा : सर मैं पायलट को बुलाता हूं आप सभी तैयार रहीए ।

कर्नल भार्गव : जरूर जाओ जल्दी ।

(फाइटर जेट में बैठकर वह सभी प्रधानमंत्री से मिलने के लिए निकल पड़ते हैं। मेजर अमित सिंह का फ़ोन अली भुट्टो के ओफिस में पड़ा था । उनका फोन अली भुट्टो के सिक्योरिटी के हाथ में लग गया था । अब यह फोन भुल जाना कितना मंहगा पड़ने वाला है मेजर गमित सिंह को अब तो भगवान ही जानते हैं आगे क्या होगा ।)

शाहाजत खान : अब पता नहीं क्या होगा हमारा मेन लीडर भी मर गया और मेरा भाई फकीर खान भी ।

बेगम अख्तर : हम कमजोर पड़ गए और हमने उन भारतीयों पर थोड़ा बहुत दया कर दिया इसके वजह से वह आज हमारे सर पर चढ़कर तांडव कर रहे हैं । इसे ही कहते हैं कि सांप भी मर गया और लाठी भी ना टूटी ।

शादाब आलम : इतना टेंशन क्यों ले रहे हो । अभी सिर्फ पेड़ की डालियां कटी है जड़ कहां कटा है । जड़ रहा तो डालिया तो फिर से उग जाएगा ।

अस्लम बाबर : तु इतना क्यों उड़ रहा है आसमान ।

शादाब आलम : ये लो मोबाइल ।

बेगम अख्तर : इसका हम क्या करेंगे । तेरी अम्मी को भेंट करेंगे क्या ।

शादाब आलम : पहले देख लो यह मोबाइल बहुत खास है । ये मोबाइल अपने दुश्मनों का है जिन्होंने हमारे सरदार अली भुट्टो को हम से छिन लिया ।

शाहाजत खान : वाह क्या बात है मेरे शेर बहुत बहादुरी का काम किया है तूने लेकिन यह फोन तुझे मिला कहां से ।

शादाब आलम : जब मैं सरदार के ऑफिस में गया था तब वहां पर कोई नहीं था सिक्योरिटी गार्ड ने बोला कि यहां पर कुछ लोग आए थे तो अपना फोन भूल गए हैं और अपने प्रधानमंत्री उनके साथ ही कहीं बाहर गए थे । तो वह फोन में उठाकर लेकर आ गया । सिक्योरिटी बोल रहा था कि यह फोन तो करीब 2 दिन से पड़ा है यहीं पर ।

शाहाजत खान : बहुत ही बड़ा काम किया है तूने । पहले मोबाइल में एरोप्लेन मोड डाल दे और फिर सभी का नंबर ढुंढ देख उनके देश के प्रधानमंत्री का नंबर है या नहीं ।

शादाब आलम : किसका नंबर मीया थोड़ा जोर से बोलिए ।

बेगम अख्तर : तुझे सुनाई नहीं देता है । तुझे बोला भारत के प्रधानमंत्री इंदिरा गांधी का नंबर ढुंढ के दे समझा ।

शाहाजत खान : रूको जरा सब्र रखो देखते हैं जनाब ।

(थोड़ी देर बाद उसने चेक किया और कहा)

शाहाजत खान : इसमें मैंने सारे नंबर चेक किये पर मुझे सिर्फ एक नंबर थोड़ा अजीब लगा इसमें एक नंबर पीएम के नाम से सेव है ।

बेगम अख्तर : तो वो नंबर इंदिरा गांधी का ही है ।

शाहाजत खान : लेकिन तुम इतने विश्वास के साथ कैसे कह सकती हो कि वो नंबर इंदिरा का ही है ।

बेगम अख्तर : हे अल्लाह इस को आपने क्यों बनाया और बनाया भी तो दिमाग नहीं दिया आपने ।

शाहाजत खान : रहने दो अगर मेरे पास दिमाग नहीं होता ना तो मैं मोबाइल लेकर नहीं आता समझी ।

बेगम अख्तर : समझ गयी लेकिन अब तु समझ । अच्छा ये मोबाइल किसका है पहले ये बता ।

शाहाजत खान : उस हिन्दुस्तानी जासुस का ।

बेगम अख्तर : तो फिर उसके मोबाइल में जो नंबर सेव है पीएम के नाम से वो किसका होगा अपने सरदार अली भुट्टो का या इंदिरा गांधी का । वो अपने ही देश के प्रधानमंत्री का नंबर रखेगा ना कि तेरी घर वाली का फोन नंबर रखेगा नालायक ।

शाहाजत खान : ओ अच्छा अब समझ आया । ये बात तो मैं कबका समझ गया था । मुझे कुछ और ही लगा ।

शादाब आलम : इतिहास कलम से लिखा जाता है और हम इतिहास बहते खुन कि नदियों से लिखेंगे ।

(बेगम अख्तर अपने आप से मन में बातें करने लगी ये फिर से बड़बड़ाने लगा ।)

बेगम अख्तर : खाना लगाउ नहीं तो फिर में खा लेती हूं । मुझे बहुत जोर कि भुख लगी है ।

शादाब आलम : ठीक है परोस दो हमें खाना ओर इस नालायक को भी ।

(इंदिरा गांधी गुजरात के मुख्यमंत्री घनश्याम ओझा जी से कुछ बात कर रही थी ।)

इंदिरा गांधी : आप तो जानते ही हैं कि कितना कष्ट सहकर भारत को आजाद करवाया है अपने वीर जवानों ने और स्वतंत्र सेनानियों ने ।

घनश्याम ओझा : वो तो मैं समझ ही रहा हूं । लेकिन मुझे आपसे कुछ जानना है ।

इंदिरा गांधी : क्या जानना चाहते हैं आप ।

घनश्याम ओझा : भुज 1971 जंग के बारे में जानना चाहता हूं में ।

[तभी चपरासी अंदर आता है और इंदिरा गांधी से कहता है ।]

चपरासी : मैम आपसे हरिचंद दीवान मिलने आये है । तो उन्हें अंदर भेज दु या नहीं ।

इंदिरा गांधी : ठीक है आने दो उन्हें अंदर ।

(चपरासी जाकर हरिचंद को कह देता है । हरिचंद दीवान अंदर आते हैं)

हरिचंद दीवान : जय हिन्द मैम & जय हिन्द सर ।

इंदिरा गांधी : जय हिन्द ।

घनश्याम ओझा : जय हिन्द ।

इंदिरा गांधी : बताइए कैसे आना हुआ ।

हरिचंद दीवान : बहुत अफसोस हो रहा है मुझे । आप ने मुझे मिशन कच्छ में शामिल नहीं किया मैम ।

इंदिरा गांधी : लेकिन तब आपकी पोस्टींग यहां कच्छ में नहीं था इसलिए मैंने आपको मिशन कच्छ में शामिल नहीं किया । कोई बात नहीं अगली बार आपको मिशन में शामिल करूंगी ।

हरिचंद दीवान : आज आप कुछ खास मीटिंग कर रही है मैम । मैंने आपको डिस्टर्ब तो नहीं किया ना आपको ।

इंदिरा गांधी : नहीं कुछ खास मीटिंग नहीं है ।

घनश्याम ओझा : मैम तो मुझे 1971 कि कहानी बताइए ।

इंदिरा गांधी : हा । हमारे साथ जो बैठे हैं वो ही यह कहानी के बारे में आपको बताएंगे । क्योंकि तब वो इस मिशन में शामिल थे । हरिचंद जी बताइए क्या हुआ था ।

घनश्याम ओझा : नहीं में सुनना नहीं चाहता हूं कहानी । में कुछ सवाल करूंगा उसका ही जवाब देना आपको विस्तार में ।

हरिचंद दीवान : ठीक है

घनश्याम ओझा : मेरा पहला सवाल । 1) भारत पाकिस्तान युद्ध 1971 के दौरान सेना प्रमुख कौन था?

हरिचंद दीवान : मैं आपको पूरी कहानी ही बताता हूं शुरूआत से । तो सुनीये

1971 का भारत-पाक युद्ध भारत एवं पाकिस्तान के बीच एक सैन्य संघर्ष था। इसका आरम्भ तत्कालीन पूर्वी पाकिस्तान के स्वतंत्रता संग्राम के चलते 3 दिसंबर, 1971 से दिनांक 16 दिसम्बर, 1971 को हुआ था एवं ढाका समर्पण के साथ समापन हुआ था। युद्ध का आरम्भ पाकिस्तान द्वारा भारतीय वायुसेना के 11 स्टेशनों पर रिक्तिपूर्व हवाई हमले से हुआ, जिसके परिणामस्वरूप भारतीय सेना पूर्वी पाकिस्तान में बांग्लादेशी स्वतंत्रता संग्राम में बंगाली राष्ट्रवादी गुटों के समर्थन में कूद पड़ी। मात्र 13 दिन चलने वाला यह युद्ध इतिहास में दर्ज लघुतम युद्धों में से एक रहा।

युद्ध के दौरान भारतीय एवं पाकिस्तानी सेनाओं का एक ही साथ पूर्वी तथा पश्चिमी दोनों फ्रंट पर सामना हुआ और ये तब तक चला जब तक कि पाकिस्तानी पूर्वी कमान ने समर्पण अभिलेख पर 16 दिसम्बर, 1971 में ढाका में हस्ताक्षर नहीं कर दिये, जिसके साथ ही पूर्वी पाकिस्तान को एक नया राष्ट्र बांग्लादेश घोषित किया गया। लगभग ~90000 हजार से ~93000 हजार पाकिस्तानी सैनिकों को भारतीय सेना द्वारा युद्ध बन्दी बनाया गया था। इनमें 79,676 से 91000 हजार तक पाकिस्तानी सशस्त्र सेना के वर्दीधारी सैनिक थे, जिनमें कुछ बंगाली सैनिक भी थे जो पाकिस्तान के वफ़ादार थे।

शेष 10324 से 15000 हजार युद्धबन्दी वे नागरिक थे, जो या तो सैन्य सम्बन्धी थे या पाकिस्तान के सहयोगी (रज़ाकर) थे। एक अनुमान के अनुसार इस युद्ध में लगभग 30000 हजार से 3 लाख बांग्लादेशी नागरिक हताहत हुए थे। इस संघर्ष के कारण, 80000 हजार से लगभग 1 लाख लोग पड़ोसी देश भारत में शरणार्थी रूप में घुस गये।

फिर

हालांकि इस मिशन को राष्ट्रीय सुरक्षा परिषद के कई घटकों का समर्थन नहीं मिल पाया था, और परिणामस्वरूप इसे वीटो कर दिया गया। पाकिस्तान पीपुल्स पार्टी के अध्यक्ष, जुल्फ़िकार अली भुट्टो के वीटो को समर्थन देने और पाकिस्तान की प्रीमियरशिप को शेख मुजीबुर्रहमान को देने से मना कर देने पर आवामी लीग ने राष्ट्रव्यापी सामान्य हड़ताल कि घोषणा कर दी।

फिर राष्ट्रपति याह्या खान ने नेशनल असेम्बली के संयोजन को स्थगित कर दिया जिससे आवामी लीग एवं उसके पूर्वी पाकिस्तान के ढेरों समर्थकों का मोहभंग हो गया। इसकी प्रतिक्रियास्वरूप शेख मुजीबुर्रहमान ने सामान्य हड़ताल की घोषणा की जिससे सरकार बंदी के हालात हो गये साथ ही उधर पूर्व में असंतुष्टों के समूह ने बिहारी जातीय समूहों पर अपनी अहिंसक प्रतिक्रिया करनी आरम्भ कर दी, जिन समूहों ने पाकिस्तान का समर्थन किया था।

मार्च 1971 के आरम्भ में अकेले चिट्टागॉन्ग में ही लगभग 300 बिहारियों को बंगालियों की हिंसक भीड़ ने काट डाला। पाकिस्तान सरकार ने इस "बिहारी हत्याकाण्ड" के बहाने पूर्वी पाकिस्तान में कुछ दिन बाद २५ मार्च को ऑपरेशन सर्चलाइट के तहत सेना

तैनात कर दी। राष्ट्रपति याहया खान ने तब पूर्वी पाक-सेनाध्यक्ष लेफ्टि.जन.साहबज़ादा याकूब खां से त्यागपत्र मांगने के बाद पूर्व के असन्तुष्टों को दबाने के लिये और सेना बढ़ा दी जिसमें पश्चिमी पाकिस्तानी सैनिकों की बहुतायत थी।

घनश्याम ओझा : रूक जाईए मुझे यह बताइए कि इस युद्ध का कारण क्या था ।

हरिचंद दीवान : जी बताता हूं ।

इसके पीछे का कारण तत्कालीन अमेरिकी राष्ट्रपति निक्सन और भारतीय प्रधानमंत्री इंदिरा गांधी के बीच संबंधों का अच्छा न होने को भी बताया जाता था। 1971 के समय अमेरिका और पाकिस्तान के संबंध काफी मजबूत माने जाते थे। अमेरिका ने पाकिस्तान को कई अत्याधुनिक हथियार दिए थे।

घनश्याम ओझा : लोंगेवाला युद्ध में कितने जवान शहीद हुए ।

हरिचंद दीवान : लोंगेवाला पोस्ट आज 'इंडो-पाक पिलर 638' के नाम से जाना जाता है। पाकिस्तान ने यहां से घुसने की कोशिश तो की, लेकिन कामयाब नहीं हो सका। इस जंग में भारतीय पक्ष से दो जवान शहीद हुए, जबकि पाकिस्तान को अपने 200 सैनिक गंवाने पड़े।

घनश्याम ओझा : 1971 में रूस ने भारत का कैसे साथ दिया था?

हरिचंद दीवान : संयोगवश युद्ध शुरू होने के कुछ ही महीने पहले ही दोनों देशों के साथ सोवियत-भारत शांति, मैत्री और सहयोग संधि हुई थी. अमेरिकी नौसेना को बंगाल की खाड़ी की ओर बढ़ता देख रूस ने भारत की मदद के लिए अपनी परमाणु क्षमता से लैस पनडुब्बियों और विध्वंसक जहाजों को प्रशांत महासागर से हिंद महासागर की ओर भेज दिया था.

इंदिरा गांधी : आप सभ कुछ पुच्छ लिजीए घनश्याम जी इन्हें सभ कुछ पता है ।

घनश्याम ओझा : 1971 कैसे महत्वपूर्ण है?

हरिचंद दीवान : 1971 के युद्ध में पाक को मिली थी करारी शिकस्त। बांग्लादेश को आजाद हुए 50 साल हो गए हैं। 16 दिसंबर 1971 बांग्लादेश की आजादी और भारत के शौर्य से भरे इतिहास में बेहद महत्वपूर्ण तारीख है। जब कभी बांग्लादेश के अस्तित्व की बात होगी तब पाकिस्तान के जुल्म, आतंक और बर्बरता और भारत के अदम्य साहस का जिक्र जरूर होगा।

घनश्याम ओझा : भारत के पश्चिमी क्षेत्र में भारत और पाकिस्तान के बीच लड़ा गया पहला बड़ा युद्ध कौन सा था?

हरिचंद दीवान : 1947 का भारत-पाक युद्ध, जिसे प्रथम कश्मीर युद्ध भी कहा जाता है, अक्टूबर 1947 में शुरू हुआ। और कुछ जानना चाहते हैं आप ।

घनश्याम ओझा : नहीं अब तो बहुत कुछ जान लिया है मैंने ।

इंदिरा गांधी : ओर कुछ पुछना है तो पुछ लिजीए घनश्याम जी ।

घनश्याम ओझा : नहीं नहीं अब नहीं ।

(इंदिरा गांधी चपरासी को अंदर बुलाती है ओर कहती है । जाओ तीन कप चाय और गरमा गरम नाश्ता लेकर आओ । चपरासी थोड़ी देर बाद तीन कप चाय और गरमा गरम

समोसा लेकर टेबल पर रख देता है ।)

इंदिरा गांधी : चाय पी लिजिए पहले आप दोनों । घनश्याम जी गुजरात के कई गांवों में पानी नहीं आता है । उन लोगों को पानी कि समस्या हो रहा है ।

घनश्याम ओझा : (चाय पीते पीते) हां उन गांवों में पाईप लाईन लगवाना है । काम तो चालु हो जाएगा एक दो दिन में ।

इंदिरा गांधी : कुछ नया योजना बनाया है या नहीं आपने । जिससे गुजरात के लोगों को फायदा हो सके ।

घनश्याम ओझा : करीब चार से पांच योजना अभी लागु ही । लोग उनका लाभ उठा रहे हैं ।

इंदिरा गांधी : कौन सा योजना है वैसे।

घनश्याम ओझा : अन्न योजना , वस्त्र योजना , गांव में सड़क बन रहे और स्कूल ताकि बच्चे पढ़ सके मुफ्त में ।

इंदिरा गांधी : में कुछ नया सोच रही हूं । नया योजना जो भारत में लागु होगा ।

घनश्याम ओझा : कौन सा योजना ।

इंदिरा गांधी : अभी टाइम है लेकिन में आपको इसके बारे में जरूर बताऊंगी ।

(तभी चपरासी फिर से अंदर आता है और इंदिरा गांधी से कहता है)

चपरासी : मैम आपसे मिलने कर्नल भार्गव और उनकी टीम आई है । उन सभी को अंदर आने दु

इंदिरा गांधी : हा आने दो अंदर और जाओ 10 कप फिर से चाय लेकर आना । तुमने अभी खाना खा लिया है या बाकी है ।

चपरासी : अभी तो बाकी है खाना । जी आप जैसा कहे ।

इंदिरा गांधी : चाय देने के बाद तुम आराम से बैठ कर खा लेना ।

चपरासी : ओके मैम ।

(चपरासी उन सभी को अंदर जाने के लिए कहता है और 10 कप चाय लाकर फिर से टेबल पर रख देता है ।

सभी जवानों ने इंदिरा गांधी को जय हिन्द कहा। इंदिरा गांधी ने भी उन्हें कहा जय हिन्द ।)

इंदिरा गांधी : बताइए कैसे आना हुआ ।

कर्नल भार्गव : मैम आपसे और घनश्याम जी से कुछ जरुरी बात कहना था ।

इंदिरा गांधी : कहिए ।

घनश्याम ओझा : कहिए ।

कर्नल भार्गव : मैम गांव के हालात देखते हुए में आपसे यही कहने आया हूं । गांव के चारों तरफ स्टील का गेट लगवाना है और रडार को डबल फ्रिक्वेंसी में एक्टिवेट करना है । इसलिए आप जितना बजट देंगे उतना में हम काम चालू कर वायेंगे ।

इंदिरा गांधी : ज्यादा से ज्यादा खर्चा 7-8 करोड का होगा है ना ।

कर्नल भार्गव : इतना सारा खर्चा ।

इंदिरा गांधी : बोर्डर के चारों साइड माइनिंग करके माइन्स बिछावा देना । रडार को जब डबल फ्रिक्वेंसी में एक्टिवेट करो तब ध्यान रखना कि पक्षियों को नुक्सान ना पहुंचे । पानी कि सुविधा उपलब्ध है कि नहीं गांव में ।

मेजर गमित सिंह : नहीं मैम पानी कि सुविधा उपलब्ध नहीं है गांव में । सभी गांव के लोग एक कुआ से पानी ले जाते हैं ओर वह कुआ बहुत ही गंदा है ।

इंदिरा गांधी : ठीक है । में ये सभी काम आरंभ हो जाएगा । अच्छे से अच्छे करीगरों को भेज दुंगी । ताकि दो दिन में काम कम्प्लीट कर दे ।

कर्नल भार्गव : मैम आपको फोन आया था किसी का ।

इंदिरा गांधी : किसका फोन ।

कर्नल भार्गव : जुल्फ़िक़ार अली भुट्टो कि पत्नी नुसरत भुट्टो का ।

इंदिरा गांधी : हां आया था । सिर्फ उसने मुझ से कहा कि मेरे पति का सब मुझे दे दो बस इतना कहकर उसने फ़ोन रख दिया ।

मेजर ध्यानचंद : मैम कुछ भी कहो तो क्या लेकिन मिशन कच्छ 1972 में बहुत मजा आया ।

इंदिरा गांधी : अरे आप सभी चाय तो पिजीए । बातों - बातों में भुल गयी कहना ।

कर्नल भार्गव : नहीं हम चाय पीने आये है हां ओर एक बात मैम । हमने एक बहुत बड़ी गलती कि है ।

इंदिरा गांधी : कोन सी गलती ओर कैसी गलती ?

कर्नल भार्गव : हमने जुल्फ़िक़ार अली भुट्टो को मार भले दिया मगर उसका संगठन में जो सदस्य हैं वो भी तो इससे जुड़े ही होंगे । हमने उन्हें ना मारकर बहुत बड़ी गलती कि हैं ।

इंदिरा गांधी : अब क्या कर सकते हैं फिर आपको मिशन के वक्त ही ये काम करना था ।

लेफ्टिनेंट कर्नल विवेक कुमार पांडे : मैम हम सोच तो रहे थे लेकिन कर नहीं पाए ।

मेजर गमित सिंह : मैम आपसे हम आपका राय जानना चाहते हैं । इनका करना क्या है ।

इंदिरा गांधी : उडा दो ।

कर्नल भार्गव : मैम ये आपका ही निर्णय है या फिर ??

इंदिरा गांधी : ईट्स माय ऑर्डर । खत्म कर दो कहानी ताकि पाकिस्तान के नागरिक भी चेन से जी सके ओर हम चेन कि शास ले सके । ये काम आपको उसी वक्त करना था । लेकिन पहले आप लोग कुछ नहीं करेंगे । में जानती हुं वो कभी ना कभी तो कुछ करेंगे ही । ओर में इसलिए फटा फट निर्णय ले रही हुं ताकि आने वाले समय में भारत समस्या का पहाड़ एवम निष्ठा ना रहे । इसलिए उडा दो खत्म करो ये चेप्टर ।

कर्नल भार्गव : मैम अगर आप अभी से गांव में काम चालू कर वा देते तो । गांव के लोग भी सुरक्षित रहेंगे ।

घनश्याम ओझा : जाइए काम आज से ही शुरू हो जाएगा बजट का चिंता ना करें आप ।

इंदिरा गांधी : काम तो सिर्फ दो दिन में समाप्त हो जाएगा ।

घनश्याम ओझा : छोटी सी गलती और आज भुगद रहा है भारत ।

इंदिरा गांधी : हां वो तो है । क्या जरूरत था भारत में धर्म को अलग अलग करने कि में अपने पिता पंडित जवाहरलाल नेहरू से नाराज़ हुं । नहीं धर्म अलग होता नहीं भारत के लोग अलग होते ।

घनश्याम ओझा :आप अपने पिताजी के विरुद्ध क्यों बोल रही है ।

इंदिरा गांधी : में जो कह रही हुं वो सही है । इंसानों को बांटने कि क्या जरूरत थी । तुम मुस्लिम , तुम शीख , तुम ब्राह्मण आपने तो सुना है वसुदेव कुटुंबकम ।

हिंदू धर्म को लेकर उदार थे मेरे पिताजी नेहरू के विचार

दरअसल धर्म और खासकर हिंदू धर्म को लेकर नेहरू के विचार खासे उदार थे. वे महात्मा गांधी की उसी धार्मिक दृष्टि से प्रेरणा लेते थे जो कहती थी कि इतने विशाल देश को धर्म को किराने रखकर नहीं चलाया जा सकता. उनके लिए धर्म का मतलब एक निजी आध्यात्मिकता थी. हां, वे इसके राजनैतिक इस्तेमाल के खिलाफ जीवन भर डटे रहे.

घनश्याम ओझा : मेरा आप से एक सवाल है । बुरा मत मानिएगा मैंने भी यह किताब में पढ़ा था ।

इंदिरा गांधी : पुछीए सवाल ।

घनश्याम ओझा : नेहरू जी ने पुरानी रीति रस्मो का विरोध क्यों किया आप बता सकते हैं ।

इंदिरा गांधी : मेरे पिता कहते थे । भले ही मैंने पुरानी परंपराओं, रीति-रिवाजों और रस्मों को छोड़ दिया हो और मैं चाहता भी हूं कि हिंदुस्तान इन सब जंजीरों को तोड़ दे। जिनमें वह जकड़ा है और जो उसको आगे बढ़ने से रोकती है और लोगों में फूट डालती है। जो बेशुमार लोगों को दबाए रखती है और जो शरीर और आत्मा के विकास को रोकती है।

वह अपने स्पीच में कहते थे ।

दुनिया कब सोएगी भारत जागेगा?

आधी रात के समय , जब दुनिया सोती है, भारत जीवन और स्वतंत्रता के लिए जाग जाएगा। एक ऐसा क्षण आता है, जो इतिहास में बहुत कम आता है, जब हम पुराने से नए की ओर कदम बढ़ाते हैं - जब एक युग समाप्त होता है, और जब एक राष्ट्र की आत्मा, लंबे समय से दबी हुई, उच्चारण पाती है। लेकिन धर्म परिवर्तन करके उन्होंने ठीक नहीं किया । अब में फिर से धर्म को एक तो नहीं कर सकती हुं । तब आप ही बताइए कि ये काम मेरे पिताजी ने सही किया या ग़लत ।

घनश्याम ओझा : बिल्कुल गलत किया । मैम में चाहता हूं जितने भी गरीब और अनाथ बच्चे हैं उनको मुफ्त शिक्षा कैसे प्रदान किया जाए और कैसे गरीबी खत्म होगी अपने देश में ।

इंदिरा गांधी : गरीबी कैसे खत्म की जा सकती है?

स्वयं ही संभलना होगा गरीबी तब तक खत्म नहीं होगी, जब तक गरीब स्वयं इससे निकलने का प्रयास नहीं करेगा। कुछ बातों का विशेष ध्यान रखें जैसे कि

- योजनाओं का सही क्रियान्वयन हो
- जरूरी है रोजगार
- स्वरोजगार पर ध्यान दे सरकार
- ग्रामीण विकास योजनाएं जरूरी
- श्रम का सही उपयोग हो
- समन्वय आवश्यक
- मुफ्त शिक्षा और चिकित्सा की व्यवस्था आवश्यक

घनश्याम ओझा : ठीक है। अब में चलता हूं । पहले गांव में काम चालू कर वा देता हूं ।

इंदिरा गांधी : हां पहले वह ज़रूरी है । ठीक जाइए ।

(घनश्याम ओझा वहां से चले जाते हैं)

इंदिरा गांधी : अब इतिहास नहीं जानना है और नहीं इतिहास को पढना है । अब इतिहास रचा जाएगा । आप सभी तैयार रहें । जैसा दुश्मन वैसा ही होगा युद्ध । एक काम किजिए में डि.आर.डि.ओ से बात कर ड्रोन मंगवाती हूं । हम ड्रोन को पाकिस्तान के कोहलू में भेजेंगे और उससे हमें यह पता लग जाएगा की उनका संगठन किधर है । ड्रोन में टाइम बम फिट कर देंगे ।

कर्नल भार्गव : मैम यह मिशन हमारा कामयाब नहीं हो पाएगा क्योंकि जब ड्रोन पाकिस्तान में प्रवेश करेगा तो पाकिस्तान का रडार एक्टिवेट हो जाएगा पाकिस्तानी ड्रोन पर फायरिंग करना शुरू कर देंगे ।

मेजर गमित सिंह : एक बार कोशिश तो करते हैं ।

सचिन वर्मा : लेकिन जब वो फायरिंग स्टार्ट करेंगे तब हम बोम ब्लास्ट कर देंगे ।

हरिचंद दीवान : हमें ड्रोन को पाकिस्तान के अंदर लेके जाना है । उसकी सीमा पर नहीं । भार्गव जी कहना चा रहे हैं कि ड्रोन जब पाकिस्तान कि सीमा पर पहुंचेगा तब पाकिस्तानीयों कि उस पर नजर पड़ेगी । इसलिए वह कह रहे हैं कि यह मिशन कामयाब नही हो पाएगा ।

मेजर ध्यानचंद : मैम अभी रात के आठ बज रहे हैं । अगर हम ड्रोन को आज 11 बजे भेजें तो कैसा रहेगा ।

इंदिरा गांधी : मुझे लगता है कि ये मिशन कामयाब नहीं हो सकता है । अगर उनकी नजर पड़ेगी तो वो ड्रोन को छोड़ेंगे नहीं ।

लेफ्टिनेंट कर्नल विवेक कुमार पांडे : मैम अगर हम एक साथ 5 ड्रोन भेजें । सभी ड्रोन को एक एक किलोमीटर दूर रखेंगें । तब ये मिशन जरूर कामयाब होगा ।

इंदिरा गांधी : आईडिया तो ठीक है । भार्गव जी आपका क्या कहना है । भेज दे ड्रोन बोलिए ।

कर्नल भार्गव : एक बार देख लेते हैं भेज के ओर क्या करेंगे ।

इंदिरा गांधी : ठीक है तो में डी.आर.डी.ओ से बात कर लेती हूं और हम ड्रोन को 11:00 बजे भेज देंगे । इस ड्रोन को कंट्रोल डीआरडीओ की टीम ही करेगी उनको मैं आपके साथ भेज दूंगी ।

वीर अर्जुन : लेकिन उन्हें आने में तो समय लगेगा ।

इंदिरा गांधी : में उन्हें तुरंत फोन करके कहती हूं आप जल्दी से 5 ड्रोन लेकर आ जाइए कच्छ में । ठीक है तो आप सभी निकलीए आपको भी तो कच्छ पहुंचना है ।

वीर अर्जुन : ठीक है मैम । जय हिन्द ।

इंटर-वल

इंटर-वल

(सभी सैनिकों ने इंदिरा गांधी को जय हिन्द कहा ओर कच्छ की तरफ प्रस्थान हो गए । तब तक चलिए देख ले कि पाकिस्तान में क्या हो रहा है । नुसरत भुट्टो ने अपने घर खास मंत्री एवम् दलाल को आमंत्रित किया था ।)

नुसरत भुट्टो : आप सभी को क्या लगता है कि मुझे यह मुल्क प्रधानमंत्री बनाएगा या फिर रह जाएगा सपना अधुरा मेरे प्रधानमंत्री बनने का ।

मोहम्मद अली (वकील) : आप जरूर बनेंगे प्रधानमंत्री टेंशन मत लिजिए ।

नुसरत भुट्टो : आपको एक केस हैंडल करना है । नाजुक सा केस है । करेंगे हैंडल ?

मोहम्मद अली (वकील) : लेकिन केस क्या है ।

नुसरत भुट्टो : मेरे पड़ोस में एक औरत रहती है । बिचारी कितने सालों से केस लड़ रही है लेकिन केस कभी जीत नहीं पाई । आंतकवादीयो ने उसकी बेटी का अपहरण कर लिया है ओर उसके पति का दावा है कि उसने उसको खत्म कर दिया है । यही तो मामला है ।

मोहम्मद अली (वकील) : केस तो में हैंडल कर लुंगा । लेकिन कुछ भी कहो आपने इतने मुश्किल समय में अपने परिवार का ढाल बनकर खडी हो आप । हे अल्लाह हे खुदा मुझे सुन रहा है तो सुन इनका जो भी इच्छा हो उसे तु पुरा कर देना ।

नुसरत भुट्टो : जो हुआ आप उसे भुल जाईए । (अपनी बेटी से कहती है बेटा जाओ सेवया होगा सभी के लिए लेकर आओ)

बेनजीर भुट्टो : जी अम्मी ।

(वह सेवया लाकर सभी को दे देती है)

बाबर फारूख (मंत्री) : चुनाव तो आप ही जीतेंगी । आपने उन्हें भारत क्यों जाने दिया । नहीं वो भारत जाते नहीं उनकी मृत्यु होती । मुझे यह बात पाले नहीं पड रहा है कि आखिर भारत ने उन्हें क्यों मारा ।

नुसरत भुट्टो : मुझ से कहे बिना ही चले गए । दो तीन दिन से वो बहुत चिंतित थे । कोहलू और सीबी पर हमला हुआ था उसके लिए । कोई बात नहीं वक्त लौटकर कभी नहीं आता है । अब वो मुझे छोड़कर गए हैं तो वापस लौटकर नहीं आ सकते हैं ।

मोहम्मद अली (वकील) : उन्होंने मारा क्यों ? आपने क्यों नहीं बदला लिया ? गुहार क्यों नहीं लगया इंदिरा गांधी को ?

नुसरत भुट्टो : उन्होंने क्यों मारा और कैसे मारा में नहीं जानती हुं । ओर हां गुहार किसे लगाऊं सभी के सभी मिले हुए थे । बदला तो में लुंगी लेकिन प्रधानमंत्री बनने के बाद । मौत का बदला मौत और खुन का बदला खुन ।

बाबर फारूख : आपको कुछ परेशानी तो नहीं है ना ।

नुसरत भुट्टो : परेशानी तो है फारूख जी । सेवया तो खायीए वरना ठंडा हो जाएगा ।

बाबर फारूख : अच्छा यह परेशानी है आपको । ठीक है खा लेता हूं ।

शोरूम मालिक : देखिए चुनाव के बारे में आपको कुछ खास सुचना देना चाहता हूं ।

दरअसल, पाकिस्तान की राजनीति में भी भारत के लोग काफी रूचि रखते हैं और अब जब चुनाव होने जा रहे हैं तो सवाल ये है कि पाकिस्तान में चुनाव कैसे होते हैं. ऐसे में आज हम आपको पाकिस्तान की संसद का स्ट्रक्चर बताने के साथ ही पाकिस्तान में चुनावी व्यवस्था के बारे में बता रहे हैं. इससे आप समझ जाएंगे कि पाकिस्तान में चुनाव किस तरह होते हैं और यहां प्रधानमंत्री कैसे बनते हैं. ओर आप यह भी जान लें कैसी है यहां कि संसद ?

कैसी है पाकिस्तान की संसद?

पाकिस्तान की संसद को मजलिस-ए-शूरा कहा जाता है. यह अभी पाकिस्तान के इस्लामाबाद में है. इससे पहले 1960 पाकिस्तान के कराची में थी, जिसे बाद में इस्लामाबाद में शिफ्ट किया गया. पाकिस्तान की संसद में दो सदन होते हैं. पाकिस्तान में निचले सदन यानी राष्ट्रीय

अंसेबली को कौमी इस्म्बली कहा जाता है. वहीं उच्च सदन यानी सीनेट को आइवान-ए बाला कहा जाता है. राष्ट्रीय असेंबली भारत की लोकसभा की तरह होती है. हालांकि भारत में राष्ट्रपति संसद का हिस्सा नहीं होता है, जबकि पाकिस्तान की संसद में दोनों सदनों के साथ राष्ट्रपति भी शामिल होता है.

लोकसभा यानी नेशनल असेंबली के लिए चुनाव होते हैं. इसमें कुल 342 सीट होती हैं, जिनमें से 242 चुनाव के जरिए चुने जाते हैं और बाकी के 70 महिलाओं और अल्पसंख्यकों के लिए आरक्षित हैं. वहीं आइवान ए बाला कभी डिजॉल्व नहीं होती है, बस इसके सदस्य बदलते रहते हैं. यहां सदस्यों का कार्यकाल 6 साल होता है. भारत में सांसदों को मेंबर ऑफ पार्लियामेंट कहा जाता है, जबकि यहां सदस्यों को मेंबर ऑफ नेशनल असेंबली कहा जाता है. यहां भी एक स्पीकर होता है.

बाबर फारूख : कुछ में भी आपको समझाना चाहता हूं । आपको में लाइन बाय लाइन समझाता हूं ।

•क्या है चुनाव की व्यवस्था?

पाकिस्तान और भारत में चुनाव की व्यवस्था लगभग मिलती जुलती है. भारत के ऊपरी सदन राज्यसभा की तरह पाकिस्तानी सीनेट के सदस्यों को प्रांतीय असेंबलियों के सदस्य चुनते हैं, जबकि निचले सदन राष्ट्रीय असेंबली के सदस्यों को आम चुनाव से चुना जाता है. आप जानते होंगे भारत की लोकसभा में 545 सदस्य होते हैं, उनसे 2 सदस्य मनोनीत किए जाते हैं. हालांकि, पाकिस्तान में प्रत्यक्ष चुनाव 342 में 272 सदस्यों का चुनाव होता है, जबकि 70 सदस्य के लिए चुनाव नहीं होता है. इन लोगों को खास तरह से चुना जाता है.

• कैसे होता है चुनाव?

दरअसल, 272 सीटों के लिए तो भारत की तरह ही आम चुनाव होते हैं, जिसमें देश की जनता चुनाव में हिस्सा लेती है. इसके बाद अब बात है उन 70 सदस्यों की, जो बिना चुनाव के ही चुने जाते हैं. इन 70 सीटों में 60 सीटें महिलाओं के लिए आरक्षित होती हैं तो 10 सीटें पाकिस्तान के पारंपरिक और धार्मिक अल्पसंख्यक समुदाय के लिए आरक्षित होती हैं. इनका चुनाव आनुपातिक प्रतिनिधित्व नियम के तहत होता है.

• क्या है आनुपातिक प्रतिनिधित्व नियम?

इन नियम में हर पार्टी की ओर से उम्मीदवार चुने जाते हैं, लेकिन इनकी संख्या उनकी जीती हुई संख्या के आधार पर तय होती है. जैसे मान लीजिए किसी पार्टी ने 100 सीटों पर चुनाव जीता है और किसी ने 50 सीटों पर. ऐसे में 100 सीटों पर चुनाव जीतने वाली पार्टी के 70 में से ज्यादा सदस्य होंगे. जो पार्टी जनता के वोट पाकर जितनी ज्यादा अनारक्षित यानी सामान्य सीटें जीतती है, उसी अनुपात में आरक्षित 70 सीटों पर उनके उम्मीदवार राष्ट्रीय असेंबली के लिए चुने जाते हैं.

• उच्च सदन के लिए अलग व्यवस्था ?

किस्तानी संसद के उच्च सदन सीनेट में 104 सदस्य होते हैं और यह अलग अलग आधार पर चुने जाते हैं. इनमें फाटा, महिला, टेक्नो टोकरा, उलेमा आदि के लिए सीट आरक्षित रहती है. सीनेट के सदस्यों का कार्यकाल 6 साल का होता है. सीनेट को ऐसे कई विशेष अधिकार दिये गए हैं, जो नेशनल असेंबली के पास नहीं है.

इतना आपको समझ आया कि नहीं पहले आप मुझे बताइए ।

नुसरत भुट्टो : हमें सभ कुछ समझ आया । में यह भी दावे के साथ कह सकतीं हुं । मेरा मुल्क मुझे ही प्रधानमंत्री बनाएगा ।

बाबर फारूख : यह तो हो गया प्रधानमंत्री चुनाव कैसे होता है । अब आप जानिए राष्ट्रपति का चुनाव कैसे होता है पाकिस्तान में ।

• कैसे चुना जाता है राष्ट्रपति?

संसद के सदस्य एक वोट देते हैं. जबकी प्रांतीय असेंबलियों के सदस्यों के मत की गणना एक जटिल प्रक्रिया के ज़रिए की जाती है.

सभी चारों प्रांतीय असेंबलियों को उनके आकार और जनसंख्या को दरकिनार कर एकसमान वोट दिए गए हैं.

देश की सबसे छोटी असेंबली बलूचिस्तान के सभी 65 सदस्यों के पास एक-एक वोट देने का अधिकार है. वहीं सबसे अधिक सदस्यों वाली पंजाब असेंबली के सदस्य के वोट को एक वोट का छठवाँ हिस्सा गिना जाता है.

• चुनाव की निगरानी कौन करेगा?

इस्लामाबाद स्थित संसद भवन और प्रांतीय राजधानियों में सुप्रीम कोर्ट के मुख्य न्यायाधीश और हाई कोर्ट के मुख्य न्यायाधीशों की निगरानी में मतदान होगा.

पाकिस्तान के चुनाव आयोग ने अदालतों से चुनाव की निगरानी के लिए कहा है.

बहुत कठिन था बताना लेकिन आपको मैंने लाइन टु लाइन समझा दिया ।

नुसरत भुट्टो : उसके लिए में आपकी शुक्र गुजार हुं । सुना है कि चांद नवाब भी हिस्सा लेंगे प्रधानमंत्री के चुनाव में ।

मोहम्मद अली : हां । मगर जनता आपको ही बनाएगी प्रधानमंत्री ।

बाबर फारूख : एक बात ध्यान में रखे आप सभी । अब्दुल हमीद के कानों में ये बात नहीं पड़ना चाहिए ।

नुसरत भुट्टो : कौन है ये अब्दुल हमीद ।

बाबर फारूख : उसका नाम सुनते सभी कांपते है । करीब उसने हजारों से ज्यादा लोगों का मर्डर किया । पुलिस भी उसका कुछ नहीं बिगाड़ सकती है । राक्षस है किसी को भी अपना नहीं समझता वो । हां लेकिन अली भुट्टो मतलब कि आपके पति को बहुत मानता था ।

नुसरत भुट्टो : कोई भी मुझे उससे कुछ फर्क नहीं पड़ता है ।

बाबर फारूख : में सिर्फ आपको बता रहा था । पाकिस्तान में अभी भी राक्षस जिंदा है । (और मन मे कहने लगा एक अली भुट्टो राक्षस मरा अब ये कब मरेगा)

नुसरत भुट्टो : अभी तो पाकिस्तान में राष्ट्रपति शासन लागू है । जुलाई में चुनाव है सिर्फ 10 दस दिन रह गया है । आज 30 जून हो गया है । चलिए तो चुनाव के बाद मिलते हैं । आप भी जाकर सो जाइए रात के 8 बज गए हैं ।

बाबर फारूख : खुदा हाफ़िज़ ।

मोहम्मद अली (वकील) : खुदा हाफ़िज़ ।

नुसरत भुट्टो : खुदा हाफ़िज़ ।

(वो सभी अपने घर चले जाते हैं ।)

बेनजीर भुट्टो : अम्मी खाना तैयार है । आप कहे तो लेकर आऊं ।

नुसरत भुट्टो : हां लेकर आओ खाकर सो जाते हैं । मेरा सिर बहुत दर्द कर रहा है ।

बेनजीर भुट्टो : नहीं वो कबका खा के सो गए हैं ।

बेनजीर भुट्टो : ठीक है अम्मी खाना खा लो फिर मालिश कर देती हूं ।

नुसरत भुट्टो : मुर्तजा और सनम खाकर सो गए हैं कि अभी तक जाग रहें हैं ।

(रात के 9 बजने वाले थे । कर्नल भार्गव ओर उनकी टीम कच्छ पहुंच । वहां पर इंतजार कर रहे थे डीआरडीओ टीम का ।)

सचिन वर्मा : देखिए सर कब तक आते हैं ड्रोन लेके ।

कर्नल भार्गव : आ जाएंगे जब मैम ने कह दिया तो काम हो ही जाएगा ।

वीर अर्जुन : सर में तो कभी सोचता हूं कि हमारे सबसे बड़ा दुश्मन तो ब्रिटिश है । सर हम सभी जानते हैं भारत आजाद कब हुआ और कैसे हुआ?

भारत 15 अगस्त 1947 में आज़ाद हुआ था. ब्रिटीशर्स ने भारत पर लगभग 200 साल तक शासन किया, ना जाने कितने लोग शहीद हुए तब जा कर भारत को आज़ादी मिली.

मेजर गमित सिंह : ब्रिटिशर्स को हमारे स्वतंत्र सैनानियों ने सबक सिखा कर उन्हें उनके देश भेजा । तुम जानते हो क्यों छोड़ा ब्रिटिश ने भारत । अंग्रेजों ने भारत को आजाद क्यों किया?

इसके पीछे की वजह एक तरफ गांधी जी भारत छोड़ो आंदोलन में थे, दूसरी तरफ नेहरू और जिन्ना के बीच बंटवारे का मुद्दा गर्माया था। इस बीच 30 जून 1948 तक बड़ा फैसला होने वाला था। तब माउंटबेटन ने ज्यादा इंतजार न करते हुए एक साल पहले यानी 1947 में ही भारत की आजादी का फैसला किया।

वीर अर्जुन : अरे देखिए आ गई डि.आर.डी.ओ ।

मुकेश मकवाना (एरोनॉटिक्स इंजीनियर) : हेलो माय सेल्फ मुकेश मकवाना । मुझे अपने प्रधानमंत्री ने भेजा है । मैं पांच ड्रोन लेकर आ हुं ।

कर्नल भार्गव : आइए आपका स्वागत है । ड्रोन को सेट करना पड़ेगा या फिर कंप्लीट सेंटिंग है ।

मुकेश मकवाना : नहीं सब कुछ कंप्लीट है । बस हमें आप बताइए ड्रोन को कब भेजना है ।

कर्नल भार्गव : ठीक है तो आप हमारे केबिन में चलिए वहां पर प्रोजेक्टर और कम्प्यूटर है । वहीं से इसे कंट्रोल किजीएगा ।

मुकेश मकवाना : बिल्कुल चलिए अंदर ।

कर्नल भार्गव : हां ।

(सभी केबिन में जातें हैं ।)

मुकेश मकवाना : सर अभी कितने बज रहे हैं ।

वीर अर्जुन : अभी 9 बजके 25 मिनट हुआ है ।

कर्नल भार्गव : आप ड्रोन को 10 मिनट बाद लोंच कर देना ।

मुकेश मकवाना : ओके सर ।

लेफ्टिनेंट कर्नल विवेक कुमार पांडे : नहीं सर हम ड्रोन को 10 बजे लोंच करेंगे ।

कर्नल भार्गव : कोई बात नहीं 10 बजे लोंच करेंगे । मुकेश जी आप 10 बजे के पहले लोंच कर देना ।

मुकेश मकवाना : ओके सर मुझे कोई भी प्रोब्लम नहीं है । वैसे इस ड्रोन को भेजना कहा है ।

कर्नल भार्गव : पाकिस्तान के कोहलू और सीबी में ।

मुकेश मकवाना : आप मेप खोलिए । मुझे परफेक्ट बताइए कि हमें ड्रोन को कैसे भेजना है ।

मेजर गमित सिंह : मुल्तान से सीधा कोहलू फिर सीबी अगर उन्हें ड्रोन आने कि भनक लग गई तो रास्ता बदल लेंगे । हम श्रीनगर से सीधा साहिवाल में प्रवेश करेंगे ।

वीर अर्जुन : सर इस ड्रोन कि खासियत तो बताइए हम सभी को ।

मुकेश मकवाना : ये एक घंटे में करीब 170 किलोमीटर कि दुरी तय कर सकता है । और वीथ एस डी केमरा ।

लेफ्टिनेंट कर्नल विवेक कुमार पांडे : सारे ड्रोन को 1 किलोमीटर दूर रखियेगा । सभी ड्रोन में टाइम बोम फिट कर दिजिएगा ।

(सभ कुछ तैयार था । दस बजने में बस एक मिनट कि देर थी ।)

मेजर ध्यानचंद : सर लोंच किजिए ।

मुकेश मकवाना : ठीक है ।

(पांचो ड्रोन को लोंच कर एक एक किलोमीटर कि दुरी रखके पाकिस्तान कि तरफ भेज दिया गया । ड्रोन करीब 45 मिनट के बाद वह पाकिस्तान में प्रवेश कर गया ।)

कर्नल भार्गव : गमित और ध्यानचंद आप कडी नजर रखना ड्रोन पे ।

मेजर गमित सिंह : जी सर

मेजर ध्यानचंद : जी सर

(जिसका डर था वही हुआ पाकिस्तानी सैनिकों ने उस पर हमला करना शुरू कर दिया । उन्होंने एयर में ही सभी ड्रोन को तबाह कर दिया । ड्रोन तो पुरी तरह से तबाह हो गया । कैसे पहुंचेगा ड्रोन अब कोहलू और सीबी में ।)

कर्नल भार्गव : अब क्या करें । ड्रोन तो गए । मिशन फेल्ड ।

मेजर गमित सिंह : सर कोई बात नहीं । वैसे भी यह मिशन कामयाब नहीं हो पाता ।

(तभी इंदिरा गांधी कर्नल भार्गव को फ़ोन करती है । करीब रात के 11 बजके 39 मिनट हो रहे थे ।)

इंदिरा गांधी : क्या हुआ पता लगा कहा चुपे है उसके चमचे ।

कर्नल भार्गव : मैम पाकिस्तानीयो ने बोर्डर पर ही एक एक करके सभी ड्रोन को तबाह कर दिया
।

इंदिरा गांधी : चलिए कोई बात नहीं ।कभी ना कभी तो पता लग ही जाएगा । ठीक है आप
मुकेश जी को कह दिजिएगा वो अभी निकल जाए । उन्होंने मुझे कहा था उन्हें कल अपने भाभी
के जन्मदिन में जाना है ।

कर्नल भार्गव : ओके मैम । जय हिन्द ।

इंदिरा गांधी : जय हिन्द ।

(इतना कहकर इंदिरा गांधी फोन रख देती है ।)

कर्नल भार्गव : मुकेश जी आप जाइए आपको कल अपने भाभी के जन्मदिन में जाना है ।

मुकेश मकवाना : लेकिन आपको कैसे पता ।

कर्नल भार्गव : मैम का फोन आया था । उन्हें कह दिजिएगा जाने के लिए ।

मुकेश मकवाना : ओ !! ऐसी बात है । ठीक है में चलता हूं । जय हिन्द जय भारत । आप सभी
के साथ काम कर बहुत मज़ा आया ।

कर्नल भार्गव : जय हिन्द जय भारत ।

(मुकेश मकवाना वहां से चले जाते हैं ।)

कर्नल भार्गव : आप सभी भी जाइए अपने अपने बटालियन में ।

(नई सुबह के साथ । पाकिस्तान के न्यूज़ चैनल पर बस एक ही खबर । आखिर क्यों भारत ने
पाकिस्तान में जासूसी करने कि कोशिश कि । हमारे प्रेसिडेंट क्यों नहीं लेते कभी एक्सन ।)

नुसरत भुट्टो : (अपनी बेटी से) देख रही हो । कैसे भारत ने बिना कोई वजह के पाकिस्तान में
ड्रोन भेजा ।

बेनजीर भुट्टो : हां अम्मी लेकिन ये लोग ऐसा क्यों कर रहे हैं ।

नुसरत भुट्टो : सिर्फ इंतजार करो मेरे प्रधानमंत्री का सभ कुछ बदल दुंगी ।

(यह खबर कोहलू और सीबी में पहुंच गया ।)

शाहाजत खान : मुझे लगता है अपने दुश्मन पगला गए हैं । ड्रोन से क्या जासूसी करना चाहते हैं वो ।

शादाब आलम : फिर से उनको हमारा जल्वा दिखाना पड़ेगा । इस बार ऐसा सबक सिखाऊंगा कि जिंदगी भर याद रखेंगे ।

शाहाजत खान : जरुरत तो है इन लोगों को ।

बेगम अख्तर : नालायकों दस जुलाई को चुनाव है । चुनाव में चांद नवाब और नुसरत भुट्टो हिस्सा ले रहे हैं । तुम्हें क्या लगता है किसे बनाएंगे प्रधानमंत्री ?

शाहाजत खान : नुसरत भुट्टो ही बनेगी पाकिस्तान कि प्रधानमंत्री । अगर चांद नवाब बीच में आया तो उडा देंगे ।

शादाब आलम : शाहाजत सही कह रहा है . नुसरत भुट्टो प्रधानमंत्री बन जाती है । तब उसे भी शामिल कर लेंगे । सभ कुछ पहले जैसा हो जाएगा ।

(कहानी में तभी नया ट्विस्ट आया । पाकिस्तान का सबसे बड़ा क्रिमिनल और आंतकवादी अब्दुल हमीद कि एंट्री हुई)

बेगम अख्तर : शायद हमें अब्दुल हमीद को बता देना चाहिए कि अली भुट्टो नहीं रहे इस दुनिया में ।

शाहाजत खान : हां बता देते हैं । वरना हमारे लिए ठीक नहीं होगा ।

(अपने उस्ताद के पास गए)

शाहाजत खान : वालेकुम सलाम उस्ताद । मुझे आपसे कुछ कहना है ।

अब्दुल हमीद : कुरआन अपनी एक आयत में बयान फर्माता है:

" "वस्त-ईनू बिस्सब्री वस्स्लाह"

सब्र और नमाजों से मदद चाहो .

शाहाजत खान : हां उस्ताद में जानता हूं ।

अब्दुल हमीद : बोल क्या बोलना चाहता है तु ।

शाहाजत खान : यही कि अब हमारे छोटे उस्ताद नहीं रहे ।

अब्दुल हमीद : शुभ शुभ बोल ।

शाहाजत खान : हां अब हमारे बीच छोटे उस्ताद अली भुट्टो नहीं रहे ।

अब्दुल हमीद : किसने मारा मेरे दोस्त को । किसकी इतनी हिम्मत हो गई ।

शाहाजत खान : कुछ भारत के लोग पाकिस्तान में आए थे और उन्हें चढ़ा - बढ़ा कर हिंदुस्तान लेकर गए और कुछ ही समय बाद उन हिंदुस्तानियों ने अपने छोटे उस्ताद को मार दिया । वह हिंदुस्तानी कुछ मिशन को अंजाम देने आए थे । उनका मिशन भी कामयाब रहा ।

अब्दुल हमीद : कौन कौन शामिल था उस मिशन में कहीं से ढूंढ के लाओ उनका नाम ।

शाहाजत खान : उस्ताद में उनका नाम जानता हूं । वो पांचों लोग इधर मिशन कच्छ को अंजाम देने आए थे । वो पांचों का नाम था । मेजर गमित , कर्नल भार्गव , विवेक कुमार , मेजर ध्यानचंद , वीर अर्जुन , सचिन वर्मा । सोरी टोटल 6 लोग थे ।

बेगम अख्तर : तुने हमको बताया भी नहीं । इतनी बड़ी सच्चाई हम सभी से छुपायी ।

अब्दुल हमीद : क्यों रे मुझे बोल नहीं सकता था ।

शाहाजत खान : इसलिए तों आपके पास आया हूं ।

अब्दुल हमीद : (अपने आदमियों से कहते हैं) बंदुक लेके आओ ।

शाहाजत खान : उस्ताद मुझे माफ कर दो । उस्ताद मुझे मत मारो उस्ताद में आपके पैर पडता हूं ।

(अब्दुल हमीद ने बिना कुछ सोचे उसे ठोक दिया)

अब्दुल हमीद : फेंक दो इसकी लाश नदी नाले में । तुम दोनों भी कुछ खबर लाये हो ।

शादाब आलम : (शादाब को मालुम सभ था लेकिन उसने कह दिया) नहीं उस्ताद मुझे कुछ नहीं मालूम ।

बेगम अख्तर : मुझे भी नहीं पता ।

अब्दुल हमीद : ठीक है । अब यहां से चले जाओ तुम्हरा

कुछ काम नहीं है ।

(दोनों वहां से चले जाते हैं)

अब्दुल हमीद : (रिजवान से कहते हैं) सुन बे ध्यान से इन 6 लोगों को मरवा दे । फोन लगा अपने आदमियों को हिन्दुस्तान में है ये लोग । उसे कहना एक एक करके मारे ।

रिजवान : जी उस्ताद । अभी फ़ोन लगाता हूं । (उसने फोन लगाया ओर कहा) हेलो में रिजवान बोल रहा हूं उस्ताद ने कहा कि 6 लोगों को मारना है । उनका पता और नाम तुझे मेसेज कर दिया है ।

अब्दुल हमीद : फोन मुझे दे ।

रिजवान : जी उस्ताद । चालु रखना फोन उस्ताद बात करना चाहते हैं ।

अब्दुल हमीद : अगर काम नहीं हुआ तो तुम्हारा कब्र में खोदुंगा । उनका पुरा खानदान मिटा देना । एक एक करके खत्म करना कहानी । फिर मेन टारगेट हिंदुस्तान कि प्रधानमंत्री इंदिरा गांधी । चल अब फोन रखता हूं ।

रिजवान : उस्ताद ये हिंदुस्तानी हमें कमजोर समझते हैं । इसलिए जब बंटवारा भी हुआ था । तब कितने हमारे मुस्लिम भाई मारे गए ।

अब्दुल हमीद : पता है मुझे जब भारत और पाकिस्तान के बंटवारे के दौरान करोड़ लोग इधर से उधर और उधर से इधर हुए। इस दौरान जो हिंसा हुई, उसमें 10 लाख लोग मारे गए। करीब 1.45 करोड़ शरणार्थियों ने अपना घर-बार छोड़कर अपने-अपने सम्प्रदाय बहुल देशों में शरण ली। 15 अगस्त 1947 की आधी रात को भारत और पाकिस्तान कानूनी तौर पर दो स्वतंत्र देश बने थे। पाकिस्तान ने अपने बंटवारे की प्रक्रिया 14 अगस्त को कराची में की थी, ताकि आखिरी ब्रिटिश वाइसरॉय लुइस माउंटबेटन करांची और नई दिल्ली दोनों जगह के कार्यक्रमों में शामिल हो सकें। और फिर अभी इतना घमंड है हिन्दुस्तान को । अंग्रेजों ने हमेशा से ही फूट

डालो और राज्य करो की नीति को अपनाया। वे हिंदूओं और मुसलमानों दोनों को एक-दूसरे से लड़वाते रहते थे। बंटवारे से पहले 1906 में ढाका में मुस्लिम नेताओं ने मुस्लिम लीग की स्थापना की थी। 1930 में मुस्लिम लीग के सम्मेलन में प्रसिद्ध उर्दू कवि मुहम्मद इक़बाल ने अपने भाषण में पहली बार मुसलमानों के लिए एक अलग राज्य की मांग उठाई थी।

रिजवान : सबसे बड़ी गलती तो पंडित जवाहरलाल नेहरू कि है । धर्म परिवर्तन । लाहौर में 1940 के मुस्लिम लीग सम्मेलन में जिन्ना ने साफ कह दिया था कि वे बंटवारे के बाद दो अलग राष्ट्र चाहते हैं।हिन्दू महासभा जैसे हिन्दू संगठनों को बंटवारा कभी रास नहीं आया। वे हमेशा इसके विरोधी रहे। 1937 में इलाहाबाद में हिन्दू महासभा के सम्मेलन में विनायक दामोदर सावरकर ने अपने भाषण में कहा कहा था कि आज के दिन भारत एक राष्ट्र नहीं है, यहां पर दो राष्ट्र हैं-हिन्दू और मुसलमान। भारत की जनगणना 1951 के अनुसार बंटवारे के तत्काल बाद तक 72,26,000 मुसलमान भारत छोड़कर पाकिस्तान गए। वहीं, 72,49,000 हिन्दू और सिख पाकिस्तान छोड़कर भारत आए थे। इसमें से भी सबसे अधिक आना-जाना 78% पंजाब से हुआ था।

अब्दुल हमीद : अब ये पाकिस्तान चुप नहीं बैठेगा । पाकिस्तान में तो अभी राष्ट्रपति शासन लागू है ना । और दस जुलाई को प्रधानमंत्री का चुनाव है ।

रिजवान : नुसरत भुट्टो और चांद नवाब हिस्सा ले रहे हैं ।

अब्दुल हमीद : मुझे सभ कुछ पता है । नालायक । चल अब यहां से जा मुझे नमाज पढ़ना है । एक बात सभी के पास पहुंचा देना । 5 जुलाई को मैंने कोहलू में एक मीटिंग रखा है । बोल देना हाजिर रहे वरना अंजाम बुरा होगा । वैसे कितने लोग अपने आंतकवादी संगठन में है ।

रिजवान : जी उस्ताद बता दुंगा । अभी टोटल 415 लोग हैं । सभी को अच्छे से ट्रेनिंग मिल रहा है ।

अब्दुल हमीद : बहुत कम लोग हैं । ज्यादा से ज्यादा लोगों को बंदी बनाकर संगठन में शामिल करो । उन्हें हम खाली आंतकवादी बनाएंगे ।

रिजवान : जी हुजूर में अब चलता हूं ।

(रिजवान बाहर आकर फोन करता है । रिजवान ने सभी को फ़ोन करके कह दिया । 5 जुलाई को मिटिंग है तो आ जाना । ओर उसने हिन्दुस्तान में अपने आदमी को फोन करके कह दिया । काम हो जाना चाहिए उन 6 में से कोई बचना नहीं चाहिए । उस्ताद ने 5 जुलाई को मीटिंग रखा

है कोहलू में ।)

(अगले ही दिन मेजर गमित सिंह को उन आंतकवादीयो ने टारगेट बनाया और उन्हें छाती पर गोली मारी । मेजर गमित सिंह घायल हो गए । आंतकवादी निकलने कि कोशिश कर रहे थे लेकिन उनको चारो तरफ से घेर लिया । उन दोनों आंतकवादीयो को पकड़ लिया । मेजर गमित सिंह को अस्पताल में इमरजेंसी आईसिओ में भर्ती किया गया ।)

कर्नल भार्गव : बोल तूने किसके कहने पर यह काम किया । सचिन इसकी तलाशी लो उसका फोन चेक करो ।

सचिन वर्मा : जी सर ।

(सचिन वर्मा ने तलाशी ली और उन्हें एक फोन मिला ।)

सचिन वर्मा : सर ये देखिए फोन ।

कर्नल भार्गव : चेक करो फोन को । तब तक नाम बताओ दोनों अपना जल्दी ।

इमाम हुसैन : मेरा नाम इमाम हुसैन है ।

कर्नल भार्गव : तेरा नाम बता ।

खलील जिब्रान : मेरा नाम खलील जिब्रान है ।

कर्नल भार्गव : क्यों किया तुम दोनों ने ऐसा । बताओ जल्दी वरना मरने के लिए तैयार रहो ।

इमाम हुसैन : हम कुछ नहीं बताएंगे । कुछ भी कर लो । हां हां हां हां हां (हंसते हुए)

लेफ्टिनेंट कर्नल विवेक कुमार पांडे : सर ये लातों के भूत बातों से नहीं मानेंगे । भेज दिजिए इन्हें ऊपर ।

सचिन वर्मा : सर इनके फोन से मुझे बहुत कुछ मिला । ये रिकॉर्डिंग सुनिए । रिजवान कह रहा है कि मिशन कच्छ में जो भी शामिल थे उन सभी को खत्म कर दो और 5 जुलाई को मीटिंग है कोहलू में ।

कर्नल भार्गव : इनका क्या करें ।

लेफ्टिनेंट कर्नल विवेक कुमार पांडे : इनका कहानी अब खत्म करे और क्या करें । (विवेक कुमार ने ठोक दिया दोनों को) सर हमें जल्द से जल्द कुछ करना पड़ेगा ।

कर्नल भार्गव : करेंगे क्या ।

लेफ्टिनेंट कर्नल विवेक कुमार पांडे : सर अब इनकी कहानी खत्म करते हैं । चलते हैं पाकिस्तान 5 जुलाई को । चारो साइड टाइम बोम फिट कर देंगे । फिर चेप्टर एंड । साथ ही अब्दुल हमीद भी द एंड ।

कर्नल भार्गव : बार बार पाकिस्तान जाना ठीक नहीं रहेगा ।

मेजर ध्यानचंद : तो क्या सिर्फ गोलियां झेलते रहे हैं सर ।

कर्नल भार्गव : उस वक़्त तो हम पाकिस्तान प्रधानमंत्री से मिलने के बहाने चले गए । अब कैसे जाएंगे ।

लेफ्टिनेंट कर्नल विवेक कुमार पांडे : सर इस बार राष्ट्रपति से मिलने जाएंगे । हम 5 तारीख के सुबह 2 या 3 बजे बोम फिट कर निकल जाएंगे । वैसे भी वो मीटिंग 7 या 8 बजे नहीं करेंगे । 9 बजे के बाद ही वो सभी मीटिंग करेंगे । हमारा काम भी हो जाएगा और साथ ही अली भुट्टो का आंतकवादी संगठन भी खत्म हो जाएगा ।

कर्नल भार्गव : हर बार कि तरह हम किसी को बताकर नहीं जाएंगे । सिर्फ हम में से कोई एक जाएगा ये काम को कम्प्लीट कर आएगा । विवेक तुम नहीं जा सकते हो क्योंकि तुमे निगरानी करनी है । नहीं सचिन , नहीं अर्जुन जाएगा । में खुद जाऊंगा पाकिस्तान ।

मेजर ध्यानचंद : सर मेरे रहते हुए आप नहीं जाएंगे । में जाऊंगा । सर मुझे जाने दिजिए में अपने साथी का बदला जरूर लुंगा ।

कर्नल भार्गव : नहीं में ही जाऊंगा ।

मेजर ध्यानचंद : सर आप मेरी बात कभी नहीं सुनते हो । मुझे जाने दिजिए ।

कर्नल भार्गव : ठीक है । आज 1 जुलाई हो गया । तुम 4 जुलाई को फ्लाइट पकड़ कर पाकिस्तान चले जाना और बोम वहीं पर खरीद लेना अगर सामान ना दे तो बोल ना अली भुट्टो का आदमी हूं ।

मेजर ध्यानचंद : सर में आपसे कुछ कहना चाहता हूं । अगर मुझे मिशन के वक़्त कुछ भी हो जाए तो मेरे घर वालों को कुछ मत बताना ।

कर्नल भार्गव : में अभी तक यही सोच रहा हूं कि हमारी सभी बातें पाकिस्तान कैसे पहुंचा ।

लेफ्टिनेंट कर्नल विवेक कुमार पांडे : सर ये दोनों ने ही किया हो चापलूसी और कैसे पहुंचेगा ।

कर्नल भार्गव : ठीक है ये बात किसी को मत बताना सिक्रेट मिशन होगा । अब आप सभी जाइए परेड में ।

(चलिए अब थोड़ा पाकिस्तान में क्या हो रहा है नुसरत भुट्टो के घर ये भी जान लेते हैं ।)

नुसरत भुट्टो : अब्दुल हमीद ने संदेश भेजा है । 5 जुलाई को मीटिंग है अगर नहीं आए तो बहुत महंगा पड़ेगा ।

बेनजीर भुट्टो : अम्मी तो क्या आप जाओगी ।

नुसरत भुट्टो : मुझे गुलामी करने नहीं । मुझे गुलामी कर वाने आता है । में नहीं जाने वाली हुं ।

बेनजीर भुट्टो : अम्मी आपको क्या लगता है हमारे राष्ट्रपति एक्शन लेंगे या नहीं ।

नुसरत भुट्टो : किस बात के लिए ?

बेनजीर भुट्टो : हिंदुस्तान ने ड्रोन भेजा था उसके लिए ।

नुसरत भुट्टो : कुछ एक्शन नहीं लेने वाले हैं । अब जो भी एक्शन लिया जाएगा सिर्फ मेरे प्रधानमंत्री बनने के बाद ।

बेनजीर भुट्टो : जी अम्मी ।

(तीन दिन बीत गए । आज चार तारीख हो गया । मीटिंग के एक दिन पहले ही कोहलू के ओफिस को सजा दिया गया था । मेजर ध्यानचंद निकल पड़े फ्लाइट पकड़ने के लिए । फ्लाइट पकड़ लिया ओर कुछ घंटों बाद पहुंच गए पाकिस्तान । पहुंचने के बाद वो कोहलू जाने के लिए बस में बैठे और अपने लक्ष्य पर पहुंच गए फिर कोहलू पहुंच बोम खरीदने गए बोम लेने के बाद ओफिस पहुंचे। ओफिस पर कोई भी नहीं था । ओफिस बहुत ही बड़ा था । चारों साइड केमरा था

| जैसा कहा था उन्होंने अपना काम बहुत अच्छे से किया । करीब उन्हें बोम फिट करने में आधा घंटा लग गया । टोटल 10 दस बोम फिट किया । फिर वहां से वो निकल पड़े । घुमने फिरने के बाद उन्होंने रात को 10 बजे फ्लाइट पकड़ लिया ओर भारत लौट आए । फिर एक नयी सुबह होती है । तारीख 5 जुलाई ।)

कर्नल भार्गव : आ गए अपना काम तो हो गया है ना ।

मेजर ध्यानचंद : जी सर बिल्कुल बहुत ही अच्छे से अपना काम हो गया है । आज दस बजे खबर मिल जाएगा । बस कुछ घंटों बाद ही पता चल जाएगा सर ।

(मीटिंग के लिए सभी हाजिर थे । बोम में टाइमिंग सेट था करीब 9 :50 मिनट पर बोम फट ही जाएगा । खुशी कि बात ये थी उस दिन किसने भी केमरा चेक नहीं किया)

अब्दुल हमीद : सभी को वालेकुम सलाम । मैंने आज बहुत ही खास मीटिंग रखा है ।

शेखर मल्लिक : नुसरत भुट्टो नहीं आयी है ।

अब्दुल हमीद : कोई बात नहीं । नहीं आई तो मत आए मुझे कोई फर्क नहीं पड़ता है । जो नहीं आएगा वो अल्लाह को प्यारा होगा समझे । आप सभी जानते हैं में क्यों लोगों का अपहरण करवा कर उन्हें आंतकवादी संगठन में क्यों जोड रहा हूं । ताकि हम हिंदुस्तानीयो से बदला ले सकु । उन्होंने अपने मुस्लिम भाई के साथ बहुत गलत किया है ।

शेखर मल्लिक : क्या गलत किया है । हमने कहां उनको छोड़ा ।

अब्दुल हमीद : भुल गए गोधरा काण्ड भारत की आज़ादी के बाद के इतिहास में सबसे भयानक दंगे 1969 में अहमदाबाद (गुजरात) में हुए थे जिसमें 5000 मुसलमान मारे गए थे । उस वक़्त गुजरात के मुख्यमंत्री काँग्रेस के"हितेन्द्र भाई देसाई" थे और भारत की प्रधानमंत्री इन्दिरा गांधी थीं।अब याद आया ।

(तभी बोम फट जाता है । पुरी आंतकवादी संगठन के चिथड़े-चिथड़े उड़ जाते हैं । लाशो कि ढेर लग जाती है । बोम फटने कि आवाज़ बहुत जोर से आई थी । पाकिस्तान के न्यूज़ चैनल पर प्रसारित होने लगा । भारत में भी यह खबर पहुंच गयी ।)

नुसरत भुट्टो : वो तो मुझे फंसाया जा रहा था । ताकि में मीटिंग में जाऊं । अच्छा हुआ में नहीं गयी । चलो मेरे रास्ते से अब्दुल हमीद हट गया ।

(आखिर वो दिन का इंतजार खत्म हुआ पाकिस्तान पुरी तरह से आंतकवादीयो से आजाद हो गया । 10 जुलाई को पाकिस्तान ने नुसरत भुट्टो को अपना प्रधानमंत्री चुना । प्रधानमंत्री बनने के बाद नुसरत भुट्टो ने पुरा पाकिस्तान में कड़े नियम और कानून लागू कर दिया । नुसरत भुट्टो ने कितनी बार भारत पर हमला कर वाने कि कोशिश कि मगर हर बार नाकामयाब रही । हमें लग रहा था कि मेजर गमित सिंह गोली लगने के बाद जिंदा नहीं रहेंगे लेकिन उन्हें भी एक जीवन दान मिल गया .)

जय हिन्द जय भारत....

***** समाप्त *****

****

कहानी यहीं पर खत्म होता है । उम्मीद है आप सभी को यह कहनी बहुत अच्छा लगा होगा । मुझे ये कहानी लिखने में बहुत मुश्किलों का सामना करना पड़ा लेकिन मैंने ये कहानी पुरा लिख ही दिया । आप सभी अपना प्यार मुझ पर ऐसे ही बरसाते रहिएगा और में नई - नई कहानी लिखके आपका मनोरंजन करता रहूंगा । यह सारा श्रेय मेरे पिताजी को जाता है वो हमेशा से ही मुझे सपोर्ट करते थे । आज अगर वो होते तो उन्हें बहुत ख़ुशी होती । वो हमेशा मेरे साथ रहेंगे । मेरे प्यारे पापा आई लव यू ।

धन्यवाद आप सभी का

~विवेक कुमार पांडे

****

धन्यवाद

आप सभी मुझ पर अपना प्यार बरसाते रहिएगा और मैं आपके लिए हमेशा नयी नयी कहानीयां लेकर आऊंगा। हमेशा खुश रहे और खुश रखे । खास अपने माता-पिता का ध्यान रखें । याद रखना एक बार खोई हुई चीज दुबारा नहीं मिलेगा उसी तरह मां - बाप को खोदोगे फिर कितना भी रो लो वो फिर दुबारा नहीं आएंगे । कद्र करना सिखों । मैं कहता हूं कि सबसे किमती चीज है ना इस दुनिया में तो वो मां-बाप है ।